AF349624

LA PRIERE
DV GASCON,

ou
L'ou diable ſoit des Houguenaux.

M.DC.XXII.

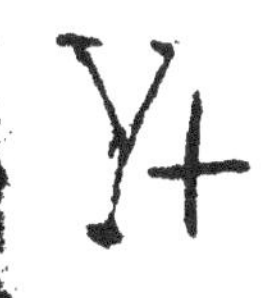

AVANT-PROPOS SVR
la priere du Gascon.

PArmy tant de fatigues, parmy
tant de furieuses alarmes où nous
sommes comme enseuelis tous les iours
pour le subiect des rebellions qui se font
souleuees en France, vn Gascon s'est
retiré du public pour donner vne heure
à la Meditation, outre l'ordinaire de
ceux de son pays, qui dés long-temps
scauent ce Prouerbe, breuis Oratio
penetrat Cœlos, Voicy la priere
qu'il faist à Dieu pour la prosperité du
Roy, & le progrez de ses victoires,
desquels l'heureux succez doit estre
desiré de tous les vrays François, comme ayant vn particulier interest en la
fatalité de leur Prince.

A ij

Ceſte priere eſt courte à la verité, mai elle contient vne partie de ce qu'on pourroit ſouhaitter de bon, tant pour l'aduancement des palmes & conqueſtes du Roy en particulier, que pour l'accroiſſement de la Foy Catholique, Apoſtolique & Romaine en general.

LA PRIERE DV GASCON,

OV

L'on diable soit des Houguenaux,

Verset 1.

O Dieu conseruez nostre Roy,
Protegez-le de vostre doy,
Exterminez les Parpaillaux,
Respons,
Au diable soit lou Houguenaux.

2.

Ils ont vos Autels renuersez,
Et vos saincts Temples prophanez
Y faisant coucher leurs quebaux,
Respons,
Au diable soit lou Hougrenaux.

A iij

3

Ils volent les vaisseaux sacrez,
Plusieurs prestres y sont massacrez
Bref ils nous font dix mille maux,
Respons,
Au diable soit lou Houguenaux.

4.

Ils ont traisné le Crucifis
Par derision & mespris,
L'appellant le Dieu des Papaux,
Respons,
Au diable soit lou Houguenaux.

5.

Le moindre de tous ces mutins
A plus de fiel & de benins,
Que n'en ont vingt-mille crapaux,
Respons,
Au diable soit lou Houguenaux,

6.

Ils auoient mandé Manſeſert
Pour mettre la France en deſert,
Et nous faire manger des aulx,
   Reſpons,
Au diable ſoit lou Houguenaux.

7.

Tous leurs deſſeins ſont deſcou-
   uerts,
Le Roy les mettra à l'enuers,
Auec tous leurs Miniſtreaux,
   Reſpons,
Au diable ſoit lou Houguenaux.

8.

Les Rochellois ſeront punis,
Comme nos plus grands ennemis,
On leur donnera les fronteaux,
   Reſpons,
Au diable ſoit lou Houguenaux.

9.

Ils voudront fuyr par la mer,
Mais on les fera abiſmer,
Auec leurs chaloupe & batteaux,
Reſpons,
Au diable ſoit lou Houguenaux.

10.

Monſieur le Comte de Soiſſons,
Se vengeant de leurs trahiſons,
Les enuoyra *ad infernos*,
Reſpons,
Au diable ſoit lou Houguenaux.

11.

Pour Montauban il eſt bien bas,
Sa garniſon tire au treſpas,
Ils y feront tous leurs tombeaux,
Reſpons,
Au diable ſoit lou Houguenaux.

Si

12.

Si Montpellier en veut manger,
Ie crois qu'elle eſt en grand danger
De ſe perdre auec ſes troupeaux,
Reſpons,
Au diable ſoit lou Houguenaux.

13.

Si elle a de bons Medecins,
Nous auons des Chirurgiens,
Ponr tirer du ſang de leurs peaux,
Reſpons,
Au diable ſoit lou Houguenaux.

14.

En Dieu eſt tout noſtre recours,
C'eſt luy qui nous don'ra ſecours,
Contre l'effort de ces maraux,
Reſpons,
Au diable ſoit lou Houguenaux.

B

15.

C'eſt vous (grand Dieu) en qui
la France,
Met auiourd'huy ſon eſperance,
Sauuez-nous de ces brigandeaux,
Reſpons,
Au diable ſoit lou Houguenaux.

16.

Gardez nos bœufs & nos moutós
De la gueulle de ces gloutons,
Pires que mille louueteaux,
Reſpons,
Au diable ſoit lou Houguenaux.

17.

Conuertiſſez-en quelques vns
De ceux qui sót moins importuns,
Iettez le reſte *ad infernos,*
Reſpons,
Au diable ſoit lou Houguenaux.

18.

Lairez vous vos enfans ainſi,
En peine douleurs & ſoucy,
Que leur fôt ces gueux ces maraux,
Reſpons,
Au diable ſoit lou Houguenaux.

19.

Ils diſent qu'ils feront perir
Voſtre Egliſe, pour eſtablir
Celle du maiſtre des magots,
Reſpons,
Au diable ſoit lou Houguenots.

20.

Ils ſe vantent qu'en Republique,
Ils mettront l'Eſtat Monarchique,
Et ſe rendront aux Roys eſgaux,
Reſpons,
Au diable ſoit lou Houguenaux.

21.

Faictes que noſtre grand Loyys
Qui defend vos pauures brebis,
Les renuerſe tous par morceaux,
Reſpons,
Au diable ſoit lou Houguenaux.

Exterminez-les,
Anichilez les,
Exterminez-les.

Secreto.

Faictes humilier
Ceſte orgueilleuſe Montpellier,
Faictes que Niſme
Fonde en abiſme,
Que Montauban
S'en aille au vent,
Que la Rochelle

Ceste rebelle,
Sente voſtre ire vengereſſe,
Ainſi que doit vne traiſtreſſe.
Helas nous vous prions encore,
Que cóme à Sodome & Gomore,
Vous feiſtes choir le feu du Ciel,
Vous leur donniez loyer pareil:
Et generallemens
Que tous faquins & ignorans,
Qui ne veulent eſcouter l'Egliſe,
Soyent punis à la meſme guile:
Et qu'auec tous leurs ſuppots
Ils aillent aux cachots infernaux,
Crier, heurler, griller, roſtir, boüil-
    lir,
Et les effects de voſtre ire ſentir.

Reſpons, **Amen.**

Altà voce.

Et que tous leurs defuncts
Amis affociez communs,
En leur opinion heretique,
Et rebellion tres-maudite,
Puiffent auoir augmentation,
De peine & de damnation,
A tout iamais & par delà,
In feculorum fecula.

Refpons,   *Amen.*